AF498158

GUIDE POUR LES ÉGARÉS

(Life in a Nutshell)

Tous droits de traduction et de reproduction
réservés pour tous les pays

1901

VOLUME V

TROISIÈME PARTIE.

Le côté matériel de la vie.

CHAPITRE I.

Les effets (En voyage).

Un Monsieur doit avoir un **coffre** pour les **habits** avec un compartiment pour les chemises et pour contenir:

Un habit de soirée ou un *smoking*, un habit de visite, une jaquette, gilet et pantalon de même couleur, deux vêtements de flanelle ou de soie pour les chaleurs ou pour le tennis, 18 chemises de jour, 6 caleçons en tricot de soie, 10 paires de chaussettes en soie, 6 gilets de peau en soie, une paire de pantoufles, une paire de souliers vernis, deux paires de souliers de chevreau, une paire de souliers de marche à bouts arrondis, pour chaque paire de chaussure (ou pour chaque soulier) avoir un sac d'étoffe foncée et lavable (andrinople rouge), *6 sleeping suits* en soie (vêtements de nuit ou *pyjamas*), trois plastrons de soie pour le dos et la poitrine, trois ceintures en soie pour garantir le ventre du froid, quelques cravates blanches de soirée et deux noires, trois paires de gants blancs, quatre paires de gants de Suède gris, une paire pour la gymnastique, quatre paires pour le tir au pistolet et, si c'est nécessaire, deux paires de gants fourrés et des gants pour ramer, etc., selon vos besoins: 36 mouchoirs, un grand drap pour emballer par chaque compartiment du coffre et deux draps de lit en chamois ou en soie imperméable. Pour emballer vos mouchoirs, mettez-les dans un mouchoir et nouez les quatre coins ensemble; vos mouchoirs, ainsi protégés, resteront toujours réunis; s'ils tombent par terre, ils ne seront pas salis. Faites un paquet de cette façon pour vos chaussettes et un autre pour vos gants et encore un pour vos cravates, un autre pour vos gants salis, ceci vous évitera de chercher ou de perdre vos affaires.

Un Monsieur assez riche devrait avoir un coffre pour les **chaussures** : c'est malpropre de mêler ses chaussures à ses effets, les chaussures répandant une odeur de cuir et de transpiration.

Avec ces vêtements, un Monsieur peut faire le tour du monde.

Il doit avoir un coffre pour les **chapeaux** :

Chapeaux mou, de paille, haut de forme, un casque pour le soleil, une casquette de voyage (*cap*). Variez selon vos besoins.

Un **Gladstone-bag** (sac de voyage) contenant :

Encre, plumes, porte-plume, cure-dents, paillettes pour nettoyer les oreilles, crochet pour les bottines et pour les gants, ciseaux, ciseaux pour les ongles, chausse-pied, lime, canif, soie noire et soie blanche, aiguilles, épingles, un revolver avec son compartiment spécial, poison (K C N), fourchette, couteau, verre, tire-bouchon, bouchon, compartiment pour montre, crayon, chaine de montre, chaine de clés, bagues; on y place ces objets en les entourant chacun d'un mouchoir et de ouate avec un élastique autour; une boite de bandes d'élastiques, miroir, parfum, huile, alcool 60°, benzine, ammoniaque concentré, collodion, savon, brosse à cheveux, à dents, à habits; un morceau d'étoffe au lieu d'une brosse pour les chapeaux; peigne de poche en réserve, ouate blanche, ouate rose, deux éponges et une petite pour mouiller les boutonnières trop amidonnées, pour ne pas s'abîmer les doigts; morceaux de soie pour nettoyer les bottines, de la crème pour le cuir (*cream*), ces deux objets réunis dans un sac à chaussures (si possible ne les mettez pas dans votre sac de voyage, parce qu'ils sont malpropres): deux serviettes à poussière, de la ficelle, papier d'emballage, papier à lettres, enveloppes et buvard, cartes de visite, horaire, bloc-notes, allumettes, livres d'affaires, lunettes bleues, toiles imperméables pour les éponges, un fixe-moustaches, deux rasoirs et un cuir à rasoir, si vous vous rasez; une casquette de voyage *(cap)*; si vous avez de la place, un vêtement de nuit *(sleeping suit)*, une chemise de jour, une paire de pantoufles, un livre d'adresses, livre d'anecdotes, plans, lettres diverses et 3 fausses manches en soie pour écrire.

Un petit coffre pour **l'habit de soirée**, pour les souliers vernis et une ou deux chemises de jour pour faire une visite à la campagne, pour une nuit.

Boîte pour deux **pistolets** d'exercice.

Boîte pour **fusil**.

Boîte pour **carabine** *(rifle)*.

Une boîte pour les **bijoux**.

Un coffre pour les instruments et les objets de sa **profession**.

Un coffre pour son **uniforme**.

Un étui pour les parapluies et **cannes**.

Un panier pour emballer sa **bicyclette**.

Un coffre pour les **livres et les lettres**.

Pour aller dans les tropiques, on emploie des **coffres en fer blanc** qui, pendant la saison des pluies, protègent les effets contre l'humidité.

En voyage on a besoin de:

1. Lettres de crédit **(Letter of indication** *and letter of* **credit)** pour toucher son argent, en évitant de prendre trop d'argent avec soi, au risque de le perdre. C'est votre banquier qui vous les donnera. Portez ces deux lettres séparément, l'une sur vous, l'autre dans votre coffre. Pour vous voler, le voleur doit produire les deux lettres ensemble et devra imiter votre signature.

2. Un **K. Baedeker**.

3. Un **guide** (*a guide*), que tous les grands hôtels mettent à votre service gratuitement, et le **plan** de la ville.

4. Un **tarif** des voitures, que le cocher de votre première voiture employée vous donnera, moyennant un petit pourboire, car il est obligé de vous le donner gratis sur votre demande.

5. Louer un **guide** pour vous montrer la ville et les environs.

Les agences de billets de voyage Cook ou Gaze, par exemple, vous en recommanderont.

6. Une carte du **Touring-Club** de Londres, qui, entre autre, vous permet de passer les frontières des différents pays sans payer de droits de douane pour votre bicyclette ou automobile.

7. Cherchez vos adresses dans le livre des **adresses** à Londres, c'est le *Post Office London Directory*; à Paris, le Didot-Bottin.

8. Des lettres pour l'**Ambassade** de votre pays.

9. Des lettres pour les **clubs** et des lettres d'introduction pour les **amis** de vos amis.

10. **Du complet de voyage**: Voyez les coffres ci-dessus dans ce même chapitre, et variez selon vos besoins.

11. De vérifier la **monnaie** qu'on recevra et de prendre avant de partir un peu d'argent du pays que l'on va visiter.

12. D'un **horaire** (*A B C — time table — time books*).

13. Dans les gares on peut inscrire ses plaintes dans un **livre de réclamations** de la Compagnie, que le chef de gare tient à l'ordre des voyageurs. Les employés essaient souvent de ne pas vous le donner, mais il faut insister. Pour le retard d'un train, on peut demander une indemnité.

14. Rappelez-vous en voyageant que vous pouvez **vous tenir chaud** toujours, en cas de nécessité, en plaçant une feuille de papier directement sur la peau, sur le corps.

15. De tenir ses effets sous **clefs** et ne prenez pas de bijoux et des valeurs avec vous. Si vous en avez, déposez-les au bureau de l'hôtel.

16. Mettez de la ouate rose dans les **oreilles** en chemin de fer et partout où il y a du bruit.

17. Il est défendu dans les pays dits civilisés de voyager avec un **fusil chargé** dans un compartiment de voyageurs.

18. La différence de **l'heure** est de 4 minutes par degré géographique.

19. Buvez de **l'eau** bouillie ou de l'eau minérale.

20. Dans les pays chauds prenez de la **quinine** contre la fièvre.

21. Désinfectez les **verres** et les **cuvettes** dans votre chambre à coucher dans les hôtels, avec de l'ammoniaque 10 ou 15 pour cent ou avec un acide (H_2SO_4, acide sulfurique), ou avec du permanganate de potasse.

22. Couvrez dans les hôtels votre **matelas** d'une étoffe imperméable en soie ou d'un drap de lit en chamois, surtout lorsqu'il fait chaud, pour éloigner votre transpiration du matelas; en agissant autrement vous communiquerez ou recevrez des maladies. Il est bon aussi de le faire chez soi, car on peut changer ou laver ce drap imperméable après chaque personne qui s'en est servie.

23. Pour les voyageurs hors de l'Europe, voici un livre utile: „**Hints to Travellers**". *The Royal Geographical Society. 1, Savile Row, W., London.*

24. Prenez des **renseignements légaux** avant de partir pour un Pays que vous ne connaissez pas bien.

25. Prenez avec vous **vos papiers d'identité.**

26. En cas de mort subite, ayez dans votre poche **votre adresse** permanente.

27. N'emportez pas votre **linge neuf** en voyage, car on vous l'abîmera de suite avec du chlorure de chaux ou autrement.

28. Emportez avec vous le **code** télégraphique de votre *broker.*

Habits et effets (Chez soi).

Chapeaux: Chapeaux haut de forme, 2, dont un chez le chapelier qui doit le repasser gratis et qui vous sert de rechange. Ceci pour quand vous êtes dans les grandes capitales, comme Londres et Paris. Un chapeau mou pour la morte saison dans ces capitales, ou pour la campagne ou pour les voyages.

Un de paille, un casque dans les pays tropicaux pour vous garantir du soleil, une casquette de voyage ou de tennis, un chapeau de cour, les coiffures de votre uniforme. Dans votre casque placez sur la tête une éponge trempée d'eau qui vous garantira de la chaleur.

Habits: Dans les pays tropicaux, employez pour vos vêtements la couleur blanche ou claire, parce que la couleur blanche renvoie les rayons du soleil, sans les absorber comme le noir, et vous conserve plus de fraîcheur.

Dans les pays à climat tempéré, variez les couleurs selon les saisons et les exigences de la mode. Les couleurs criardes et bigarrées attirent l'attention sur vous comme une réclame et sont de mauvais goût.

Dans les climats froids, employez le noir ou une couleur sombre, mais moins triste, comme le bleu marin, le marron foncé, le gris foncé.

Ayez en outre:

Un habit de soirée, un smoking, un habit de jour (jaquette), couleur gris, brun marron, bleu marin, toutes teintes foncées; un habit de visite (redingote), paletot d'hiver, paletot d'été, pour sortir le soir en habit; plusieurs vêtements de flanelle ou en soie pour l'été ou pour le tennis ou pour ramer, etc., couleur blanche ou couleur pâle; habit de cheval (en parler avec votre tailleur, car il y en a pour la ville, la campagne, la chasse, etc.), robe de chambre en soie, habit de cour avec épée, uniformes selon les règlements, un plaid.

Après les avoir nettoyés, faites repasser les pantalons une ou deux fois par semaine avec un fer à repasser, en les couvrant d'un linge mouillé avant de les repasser. On enlève les taches des habits avec de la benzine (voyez Troisième partie, Chap. III).

Cravates: 10 blanches de soirée, 2 noires, 3 de fantaisie. De préférence nouez vos cravates vous-même.

Gants: Gants blancs de chevreau, 6 paires pour soirées; gris perle avec raies noires en chevreau, 2 paires pour faire de l'élégance exagérée; couleur marron, 2 paires; en agneau tanné pour visites, en Suède gris chevreau, 6 paires pour sortir et pour voyager; partout deux boutons et toujours faits sur mesure. Gants fourrés, 2 paires pour sortir en hiver, où employez la peau de renne. Gants de gymnastique, 2 paires; d'escrime, 1 paire; pour ramer, 2 paires; pour tir, en peau de chamois, 6 paires.

Un mot sur les gants et les peaux:

1. Les gants pour tir au pistolet: les meilleurs sont en peau de chamois; viennent ensuite ceux en peau de chevreau chamoisée, et enfin ceux en peau d'agneau chamoisée.

2. Les gants de Suède: les meilleurs sont en chevreau et les autres en agneau.

3. Gants de résistance: en peau de renne, se lavant dans de l'eau de savon tiède.

4. Gants pour visites: en peau d'agneau tannée glacée.

5. Gants blancs pour soirée: en chevreau.

6. On emploie encore la peau de daim et de castor. Les peaux tannées résistent à l'eau et se lavent à l'eau.

Linge: Caleçons en tricot de soie, 12. Chaussettes en soie, 18 paires; gilets de peau en soie, 12. S'il fait froid, des plastrons en soie pour couvrir la poitrine et le dos, 10. Chemises en toile fine, 30. Les cols et manchettes tenant à la chemise, c'est plus élégant que lorsqu'ils sont séparés. *Sleeping suits* en soie (vêtements de nuit ou *pyjamas*) 10:

mouchoirs en batiste fine. 36. Des sacs en étoffe foncée et lavable (andrinople rouge) pour contenir chaque soulier séparément. 24, donc 12 paires. Deux costumes de bain en tricot couleur pâle, d'une seule teinte, si vous en trouvez. Des essuie-poussière, 12; 8 grands draps pour emballer; 2 draps de lit en chamois ou en soie imperméable; 6 fausses manches de soie pour écrire, 12 serviettes, 4 serviettes-éponge.

Ne permettez pas à une blanchisseuse d'employer du chlorure de chaux (Ca Cl$_2$) pour laver et blanchir votre linge. Lorsqu'elle l'emploie mal, comme toujours, le linge sera mangé par le chlorure et tombera en lambeaux; dites-lui aussi de ne pas trop amidonner les boutonnières des chemises. Lorsqu'elles sont trop amidonnées, donc dures, n'abîmez pas vos ongles et vos doigts et avant de faire entrer les boutons de manchettes, du col et de plastron, mouillez les boutonnières à l'envers avec une petite éponge trempée dans de l'eau.

Bijoux : Montre en or de 18 carats; une chaîne de montre pour le jour et une plus fine pour soirée en or; une chaîne pour les clefs du 15 ou du 13 carats, parce que l'or de 18 carats est trop mou; un crayon en or pour le jour et un autre plus fin pour soirée; bagues au 4 doigt; deux garnitures de trois boutons pour les chemises, en perles fines blanches; deux paires de boutons de manchettes en or de forme oblongue pour les faire entrer et sortir facilement de la boutonnière; trois boutons en or pour le col (tibis), une bourse en mailles d'or.

Divers : Pas de portefeuille, une enveloppe en papier vous servira de portefeuille, elle n'attire pas l'attention des voleurs, elle est moins volumineuse dans la poche et, quand elle est sale, on la change, et les billets de banque sont une source de contagion. Un porte-carte, une bourse en cuir, deux cannes, un parapluie, une bicyclette, du poison (K C N, cyanure de potassium, un morceau sur la langue amène la mort instantanée); vous devez avoir tout le contenu du *Gladstone-bag*.

peigne de poche en écaille, deux pistolets, un fusil, une carabine, un revolver, une bibliothèque, vos carnets et vos livres écrits, papiers personnels et de famille, cravache, éperons, cartes pour jouer, parfum, Ambre Royal, violet (29, Boul. des Italiens, Paris); parfum Idéal (Houbigant, rue du Faubourg St-Honoré, 19, Paris); poudre de riz (Houbigant ou bien tout simplement de la pharmacie, sans mélange, méfiez-vous des poudres de mauvaises marques, qui sont dangereuses pour la peau; elles contiennent du bismuth); un vaporisateur pour les parfums et un autre pour arroser les fleurs.

Les Chaussures: Souliers en chevreau à bouts pointus vernis à lacets pour **l'habit**, à cocarde en soie noire pour le **bal**.

Pour **sortir** en ville, souliers en chevreau à bouts pointus; pour la **marche**, souliers ou bottines en chevreau à bouts arrondis; pour la **gymnastique**, souliers en toile; pour le **tennis**, souliers en peau blanche et semelles en caoutchouc; pour les **bains** de mer, souliers en toile et semelles en corde (espadrilles); pour la chambre, **pantoufles** à bouts pointus en chevreau.

Un Monsieur qui peut dépenser devrait avoir un **valet** de chambre ou un *groom* pour son service personnel, et un **secrétaire**. Si vous avez un doute sur la façon de vous habiller, regardez comment s'habillent les Messieurs élégants en vue, et si cela ne vous suffit pas, ne vous gênez pas de demander avis.

Quelques adresses:

Lingeries: Harborow, 6, New Bond Str., W., Londres; Treulett, 41, Conduit Str., W., Londres, et 13, rue Auber, Paris; Doucet, 21, rue de la Paix, Paris.

Tailleurs: Hill Brothers, 3 et 4, Old Bond Str., W., Londres *(tailors)*. Ses étoffes se râpent, déteignent, et ses doublures se déchirent. Vous demandez ce qui reste de bon à mon tailleur? La coupe et une note d'usurier. Mais Dusautoy à Paris a les mêmes qualités et, en plus, il est très impoli.

Chapelleries : Léon & Cⁱᵉ, 21, rue Daunou, Paris; Scott's, 1, Old Bond Str., London W. *Hatters, corner Piccadilly*); Christy & Co. Lᵗ, 35, Gracechurch Str., City, London (*Hatters*).

Cordonneries : R. Thomas & Son, 36, St. James' Str., S. W., *Bootmakers*, London; Mansfield & Sons, London, Paris, etc.

Les livres, papiers, carnets.

Pour voyage :

Hints to Travellers, London, the Royal Geographical Society, 1, Savile Row, W., 8 shillings.

K. Baedeker.

Letter of credit and letter of indication.

Carte du Touring Club.

Lettres d'introduction pour les clubs.

Lettres d'introduction pour l'ambassade de votre pays.

Lettres d'introduction pour les amis de vos amis.

Horaire (*time table* ou *time book*).

Note sur les renseignements légaux.

Papiers d'identité.

Livres pour **affaires.**

Livres de Bourse (voyez Livres de Bourse, dans ce chapitre).

Pour voyager un K. Baedeker.

Horaire des trains.

Livre d'adresses privées.

Livre d'adresses de la ville.

Un carnet de poche.

Les plans de la ville.

Les tarifs des voitures.

Un guide pour la ville.

Un dictionnaire.

Un livre de conversation (voyez Livres mondains, dans ce chapitre).

Un code du Pays.

(Code civil, par H. F. Rivière, Librairie Marescq Aîné, 20, rue Soufflot, Paris, 1902).

(*Pocket Lawyer, Saxon & Co., W. R. Russell & Co. L^e, 5 a, Paternoster Row, E. C., London*).

(*Metrical Tables, by sir Guildford L. Molesworth, London E., and F. N. Spon, L^e, 125, Strand*).

(*Warren's Table and Formula Book, London, Longmans, Green & Co., Paternoster Row, E. C.*).

Les papiers de famille:

Documents historiques, comme l'acte de vente d'une terre de famille ou l'achat d'une terre, ou les lettres du Roi; privilèges; patentes des titres; décorations; contrats de mariage; actes de naissance.

Les papiers personnels:

Acte de naissance, de baptême, de confirmation, de vaccination; ses diplômes d'écoles et d'université, ses papiers militaires, brevets; son contrat de mariage, sa police d'assurance sur la vie, ses documents de divorce, de veuvage; ses reçus, qu'il faut garder 10 ans selon la loi française, mais qu'on jette la plupart du temps au bout d'un an ou deux, à moins qu'ils n'aient de l'importance, alors on les garde toute la vie (en Angleterre, selon la loi, on les garde ! ansi: le procès-verbal d'un duel; les promesses faites pour une question d'intérêt, car pour une question de cœur, il ne faut pas en avoir, ce serait s'exposer à une déception certaine; les contrats de vente et d'achat et de location, les polices d'assurances, le testament, le codicille, les pleins-pouvoirs ou procurations donnés ou copies de ceux qu'on a donnés à quelqu'un (*attorney powers*), les inventaires.

Les naissances doivent être déclarées dans les 24 heures à la mairie par le père ou son remplaçant accompagné de deux témoins. Les décès doivent être déclarés de suite à la mairie, en présentant l'acte de décès signé par le médecin.

Les **livres de Bourse** (voyez Banque et Bourse, pour avoir des détails).

Un **carnet de poche** pour les affaires courantes.

Un **livre d'adresses** pour affaires.

Un **journal**.

La **correspondance**, conserver les lettres qui vous paraissent nécessaires pour une année.

Les **contract notes**, ne conservez les *contract notes* que jusqu'au jour où la valeur figurera sur la liste de votre banquier (*List of Securities*).

Une **liste privée** de vos valeurs.

La liste de vos valeurs chez votre banquier (**List of Securities**).

Vos **papiers de famille**.

Votre testament (**Will**), deux copies (*two copies*).

Le codicille (**Codicil**).

Plein-pouvoir, procuration reçue ou copie de celle donnée à quelqu'un (**attorney powers**).

Carnet de chèques (**Cheque book**).

Lettres de crédit (**Letter of credit and letter of indication**).

K. Baedeker, les **lettres de recommandation** et un code (**a code**).

Copie du montant des emprunts (**borrowing note**, *copy of the amount of loans*).

Copie des conditions des emprunts (**letter of hypothecation, copy**).

Le montant de l'emprunt (**amount of loan**).

Un compte détaillé de l'emprunt (**statement of loan account**).

Le montant du solde (**balance of the account**).

Le relevé du compte (**statement of account**).

Le reçu de votre couverture (*Receipt for your* **cover**).

Calcul de votre revenu annuel (**yearly income**).

The Stock Exchange **Year-Book**, *1, Royal Exchange Buildings, E. C. London*, ou le *Stock Exchange Official Year-Book* qui est trop volumineux.

The Stock Exchange **Daily Official List**. *1. Copthall Buildings. E. C. London.*

Fifteen Years' Record *of Highest and Lowest Sales with Dividends paid, London, Straker Brothers L*. *11-17. Bishopsgate Without E. C. London.* Demandez à votre broker de vous procurer ce livre.

Everybody's Pocket Cyclopaedia *Saxon & Co., 23. Bouverie Str.. Fleet Str., E. C.. London (per cent return. brokerage, interest tables).*

Liste générale des **tirages financiers**. 17, rue St-Joseph, Paris.

Bulletin de la cote. **Cours authentique** et officiel. Demandez l'abonnement à la Chambre Syndicale de la Compagnie des Agents de Change de Paris. 6, rue Ménars.

Ou bien :

Cours de la Banque et de la Bourse. E. Desfossés et C⁰, 31, Place de la Bourse. Paris. Le précédent est préférable, étant officiel.

Un abonnement à un **Journal Anglais** et à un **Journal Français**. Ne vous fiez pas aux conseils des journaux. Au lieu de lire les journaux, vous pouvez vous abonner aux dépêches Dalziel ou Reuter ou Havas.

Somerset House. *Strand. London :* pour un shilling on reçoit la copie d'un testament et on peut avoir pour le même prix la liste des actionnaires *(Shareholders' list)* de n'importe quelle Compagnie enregistrée.

Income-Tax (Impôts sur les revenus): Les Étrangers qui n'habitent pas l'Angleterre et qui y gardent leurs capitaux ne payent pas *l'income-tax*. S'ils l'ont déjà payée, ils pourront la réclamer. Allez voir le *Surveyor for your District* et obtenez dans la même démarche du Surveyor de ne plus payer à l'avenir ou adressez-vous à l'*Income-Tax Adjustment Agency, 12 et 13, Poultry, E. C. London.*

Livres mondains et domestiques :

Livre d'adresses privées: votre secrétaire tiendra ce livre pour vous.

Carnet pour la **conversation**, pour inscrire les nouvelles des journaux et autres.

Recueil d'**anecdotes** que vous collectionnez.

Livres de **conversations**:

Everybody's Pocket Cyclopædia, Saxon & C°, 23, Bouverie Str., Fleet, Str., E. C., London.

La Grande Encyclopédie a paru à Paris. Librairie Larousse.

La Revue Encyclopédique, Librairie Larousse, paraît maintenant à Paris.

En Angleterre ont paru la *Encyclopaedia Britannica* (25 vols., costs about £ 19 cash — dernier volume paru en 1888) et la *Chamber's Encyclopædia* (10 vols. £ 5, cash £ 3.15 s., son dernier volume a paru en 1901). La dernière est la moins complète. Le Times vient d'annoncer (1902) la dixième édition de l'*Encyclopaedia Britannica*.

Jardinage: *Gardening for beginners, by George Newnes L*., et voyez Saxon & C°.

Cuisine: Voyez *Everybody's Cookery and Household Guide*, de Saxon & C°.

Nouvelle cuisine bourgeoise, 200 menus par Urbain Dubois. (Les œufs qui surnagent dans l'eau ne sont pas frais).

Pour les vins, voyez dans « La Science dans ses grandes lignes », Agronomie.

Jeux de Société et de sport:

Voyez Saxon et C°.

Ayez de l'ordre dans votre chambre à coucher, dans la maison et dans les écuries. Dans la maison veillez à ce qu'il n'y ait pas de poussière ni de toiles d'araignées sur les murs et sur les plafonds. Un homme marié doit payer une **pension** à sa femme et exiger d'elle un **livre des dépenses** et un **inventaire** de la maison.

Une Dame qui peut dépenser peut avoir une femme de chambre pour la coiffer, l'habiller et pour coudre et entretenir ses robes et son linge. Une Dame devrait choisir une coiffure à la mode, mais simple; elle pourra toujours regarder comment s'habillent les Dames élégantes et comme il faut, et elle pourra demander des conseils.

Elle doit avoir le nécessaire pour garnir sa cuisine (batterie de cuisine), deux services de table, le linge de table, de cuisine, de bain, de toilette et de lit, le linge d'office, les rideaux, les balais et brosses pour l'appartement, l'outillage pour le jardin, un panier et matelas pour le chien (niche).

Une Dame doit avoir des chapeaux, des toilettes, des gants, une garde-robe, du linge de corps, des chaussures, une malle spéciale pour robes, une pour les effets en général, une malle pour chapeaux, sac de voyage, boîte à bijoux, panier pour bicyclette, étuis pour parapluie, coffre pour les chaussures.

A la seconde édition de ce livre, je désirerais qu'une Dame élégante et expérimentée veuille bien se dévouer pour donner un inventaire complet et détaillé du trousseau et de la toilette d'une Dame, ainsi que tout ce qui compose l'intérieur d'une maison bien tenue.

Une remarque générale:

Une Dame n'a pas besoin de porter des inexprimables, si elle ne craint pas le froid; ses dessous seront salés malgré leur emploi, en portant des robes longues qui font de la poussière, il n'y a que les bains pour la nettoyer. Il faut espérer au point de vue de l'hygiène publique que les Dames ne porteront à l'avenir que des jupes courtes pour la rue en conservant les jupes longues et les robes à queue pour la maison et pour les salons.

Il est très malsain de se serrer dans un corset.

Les jarretières donnent des varices et marquent la jambe.

Quand une Dame est enceinte, elle doit se soutenir le ventre avec une ceinture, sans se serrer.

Au théâtre, au bal, une Dame va sans chapeau et en décolleté, à moins qu'elle ne se place dans les fauteuils ou n'aille dans les petits théâtres, et ici encore elle ferait bien d'y aller sans chapeau. Il ne faut jamais être trop décolletée, ce n'est pas comme il faut. Lorsqu'une Dame est en décolleté, elle prend pour sortir un manteau ou une pelisse (sorties de bal ou de théâtre).

En visite ou à la promenade, une Dame porte un chapeau (ou une capote).

Une Dame ne doit jamais porter des couleurs criardes ou bigarrées.

Pour la bicyclette, elle doit avoir une jupe courte, mais pas une jupe-pantalon, ni un pantalon.

Les Dames désirent avoir de grands yeux, une petite bouche, un nez mince, droit et retroussé, des attaches fines, des petites mains fines, des petits pieds, des gras mollets, une taille mince, des hanches larges, de la poitrine, des cheveux épais, longs et soyeux, des belles petites dents blanches, une peau blanche et fine, sans poils, avec un teint rosé, des oreilles petites, très près de la tête.

Une Dame élégante trouvera par exemple:

1. Chez Ed. Doucet & C**, 21, rue de la Paix, à Paris, sa **lingerie.**

2. Chez M** Léoty, 8, place de la Madeleine, à Paris, ses **corsets.** (Les nouveaux corsets à taille droite ne compriment plus l'estomac.) Pour marcher je recommande quelque chose dans le genre du corset Sanakor.

3. Chez Raudnitz & C**, 21, place Vendôme, à Paris, ou chez G. Beer & C**, 7, place Vendôme, à Paris, chez Paquin L^d, 3, rue de la Paix, à Paris (et à Londres) ou chez Worth & C**, 7, rue de la Paix, à Paris, ses **robes** et ses **manteaux.**

4. Chez Debray & C**, place de la Madeleine, 32, Paris, ses **deuils.**

5. Dans la maison Violette, tailleur pour dames, 2, rue Castiglione, à Paris, son amazone, ses costumes tailleurs et ses **costumes de sport**.

6. Chez Revillon Frères, fourrures, 77-79 et 81, rue de Rivoli, à Paris, MM. P. M. Grunwaldt, fourrures et pelleteries, 6, rue de la Paix, à Paris, et chez F. Seynola & Cⁱᵉ, 249, rue St-Honoré, Paris, ses **fourrures**.

7. Chez Peter Robinson & Cⁱᵉ, Lᵈ, 204, Oxford Str., London W., les toilettes complètes pour **enfants**.

8. Chez Maple & Co., Lᵈ, 150, Tottenham court road W., à Londres, et rue Boudreau, à Paris, ses **ameublements**. C'est regrettable que les bords de leurs meubles coupent comme des couteaux; ils devraient être arrondis.

9. Chez Liberty & Co., Lᵈ, 214, Regent Str., W., London, et avenue de l'Opéra, à Paris, ses soieries, étoffes d'**ameublement**, papiers à tapisser et bibelots.

10. Dans l'ancienne maison Bapst, 6, rue d'Antin, Paris, sa **bijouterie**.

11. MM. Blanche Leigh, 4, rue de la Paix, Paris, et 126, Oxford Str., W., London, ses **fards** et soins de la peau.

12. Quant aux **modistes** et aux **cordonniers**, je lui conseille Paris pour l'élégance, et Londres pour le pratique.

13. Chez *Hamley's Warehouse*, 86, High Holborn, W. C. London (et Paris) des **jeux** pour les enfants et pour les salons et chez Geo. G. Bussey & Co., 36, Queen Victoria Str., E. C., London, des jeux athlétiques *(manufacturers of sporting, athletic and gymnastic appliances)*.

14. Chez MM. John Pound & Co., 81, Leadenhall Str., London E. C., ses **coffres**. Ils travaillent très bien, mais ne comprennent pas ce qu'on leur dit de faire et prennent au moins 30 % trop cher. Toutes leurs bouteilles laissent couler le liquide. On ne peut pas se fier à leur parole.

J'indique ces maisons parce qu'elles sont connues et en vue, mais à mon point de vue je ne les crois pas meilleures que bien d'autres et une Dame fera toujours bien de jeter un coup d'œil partout avant de se décider.

Elle trouvera des adresses dans le livre des adresses de la ville et parmi ses connaissances. Inutile de demander des renseignements dans les hôtels, qui sont payés pour recommander un fournisseur sans être fixés sur sa valeur.

Il est regrettable que ces grandes maisons écorchent les Étrangers.

J'ajouterai à la seconde édition quelques adresses pour Vienne, Rome, Berlin, etc.

N'ayez pas des comptes avec les magasins et ne payez rien d'avance, mais payez contre livraison. Refusez énergiquement toute marchandise qui ne répond pas au désir que vous avez exprimé. Ne croyez jamais à la parole doucereuse des commerçants. Ils louent et flattent leurs clients, mais au fond, ils les détestent. Surtout ne faites pas de façons avec eux, car ils ne vous font pas des cadeaux — ils vous font payer cher et, dans les magasins à la mode, trop cher. Les politesses, les saluts, les prévenances sont compris dans le prix.

TROISIÈME PARTIE.

CHAPITRE II.

Taches, ingrédients pour entretien.

1. Sel de cuisine avec de l'eau pour enlever les **taches de sang**.

2. Détersine ou benzine pour nettoyer les **gants blancs** (*kid* — chevreau) et les **taches de graisse** sur les vêtements. N'ouvrez pas la bouteille dans une chambre où il y a une flamme.

3. Térébentine pour enlever les taches de **peinture à l'huile**.

4. Allumettes soufrées qu'on allume pour enlever les taches fraîches des **cerises**, etc., sur les doigts et sur les vêtements.

5. De la soude ($Na_2 CO_3$), la soude cristal ($Na_2 CO_3 + 10 H_2O$), ou de l'ammoniaque de 10 ou 15° (ammoniaque, le gaz: NH_3; le sel: $NH_4 Cl$ ou $NH_3 HCl$), pour nettoyer, en les lavant, **bains, brosses, éponges**.

6. **Parfums**: Idéal, Houbigant, rue du Faubourg St-Honoré, 19, Paris, et Ambre Royal, quadruple essence, Violet, 29, Boul. des Italiens, Paris.

7. Pour enlever l'amidon des **boutonnières** des chemises, cols et manchettes: mouiller avec de l'eau à l'envers avec une petite éponge.

8. **Linge**.

Pour blanchir le linge, employez du chlorure de chaux en poudre ($Ca Cl_2$ — *Calx Chlorinata*). S'il reste du chlorure de chaux séché sur le linge, il conservera le linge humide au toucher et fera tomber le linge en lambeaux. S'il est bien enlevé du linge, il est très bon, parce qu'il blanchit bien sans abîmer.

9. Chaussures:

Crème *(cream)*:

Mansfield's Black Cream for cleaning and preserving patent and glacé kid (chevreau) *shoes. London and Paris.* Demandez *the liquid cream.*

Verni:

Surtout pour le cuir de veau.

De Guiche or Parisian Polish for shoes. 7, Garrick Str., London W. C.

Cirage:

Contet, 6, rue de Feydeau, Paris. Ce cirage abîme un peu les cuirs, autrement il correspond aux exigences.

10. Diamants.

On nettoie les diamants et autres bijoux en les trempant dans de l'alcool et en les brossant ensuite ou en les frottant avec de la flanelle ou de la soie.

11. Pour éviter le nettoyage des **pistolets et fusils,** coulez du suif ou un autre corps gras dans le canon, autrement il faudrait nettoyer tous les trois mois, car la rouille ferait des trous dans l'acier et votre canon éclaterait sous la pression des gaz.

12. Nettoyage de l'**argenterie:**

J. Goddard's non-mercurial plate powder. Station Str., Leicester, England. Price six pence.

Le mieux est de tremper l'argenterie dans de l'eau de savon tiède, la rincer dans de l'eau pure et l'essuyer fortement, car la poudre use l'argent.

13. *The globe* **metal** *polish extract.*

Pour polir les métaux, cuivres, boutons de portes, etc.

14. Taches d'**encre.**

On ne peut pas bien enlever les taches d'encre; on peut essayer, lorsque la tache est fraîche, de laver à l'eau, ensuite à l'acide oxalique et, de suite après, tremper dans de l'ammoniaque 3 ou 5"/₀ pour enlever l'acide qui ronge les tissus de l'étoffe; ensuite laver à l'eau pure, pour enlever l'ammoniaque qui dissout les tissus de l'étoffe.

15. Pour rendre un **parquet** en bois glissant, on emploie du talc de Venise (*French chalk*): c'est une poudre blanche, il existe mieux. *Ballroom floor polish, Turners Acomb House, Acomb Str., Manchester* n'existe plus sous cette adresse.

16. Email Oriental — incolore, Parfumerie Agnel, 21, Boul. des Capucines, Paris, pour vernir les **ongles,** ou bien: *Agate nail powder (with a polisher),* ensuite cosmétique Aurora (*with a tint brush*), les deux de MM. Carmichael, London et Paris. Aussi MM. Blanche Leigh, 4, rue de la Paix, Paris, et 126, Oxford Str. W., London. (Dépôts: Mᵐᵉ Esmée, 5, Brook Str., London, et Maison Koehler, Moscou.)

17. Pour désinfecter les **verres** et les **cuvettes,** on emploie de l'ammoniaque 10 ou 15"/₀, ou un acide (H_2SO_4) ou du permanganate de potasse.

18. Le rinçage des **dents**:

De l'alcool 60"/₀ (C_2H_4O).

TROISIÈME PARTIE.

CHAPITRE III IMPROVISÉ.

Mon imprimeur trouve que mon cinquième volume est trop court. J'ai tant de choses à dire, mais je n'ai pas la force de les écrire. Pour augmenter mon cinquième volume, j'ajoute ce troisième chapitre improvisé.

Le 30 mai 1902, j'ai déjeuné avec un ami à l'hôtel Ritz, à Paris. Nous n'avons pas voulu boire une bouteille de Haut-Barsac, ni une demi-bouteille de Meursault, car ces vins étaient trop mauvais, et nous prîmes une bouteille de Louis Roederer. La marque est bonne, mais le vin était mauvais. Pour 20 cigarettes H. L. Savory & C°, n° 2 Gold, on nous fit payer 7 francs; au Regina on paye 4 francs pour les mêmes cigarettes. Total de la note 61 francs sans le pourboire. A notre sortie, le portier ne nous a pas salué.

La clientèle américaine de l'hôtel n'est pas exigeante, aussi le concierge ne se gêne pas.

Dans les hôtels, les hommes qui descendent les malles des voyageurs qui partent ont l'habitude de coller le nom de l'hôtel sur chaque objet qu'ils ont descendu, même lorsqu'on leur a strictement défendu de le faire.

Le 1er juin 1902, train 35 Dover-Londres, Charing Cross, toutes les places étaient réservées ou occupées, tantôt deux personnes couvrant avec leur bagage six places, tantôt le contrôleur réservant pour des *snobs* qui ne payent pas six places pour deux personnes; heureuses étaient les personnes qui n'avaient pas assez de toupet pour faire la même chose.

Londres, le 8 juin 1902, j'étais assis seul dans le restaurant du Berkeley Hotel. Entra en pardessus, avec le chapeau sur la tête, un homme d'une cinquantaine d'années, assez chauve, dans un habit gris. Il remit son chapeau au garçon, s'assit avec son dos tourné vers la salle et vers moi, se retourna ensuite pour prendre un journal de ma table sans me demander ma permission. Ce Monsieur s'appelle un duc de..... de la création de Bonaparte. Que doivent en penser les Anglais? Ce duc de..... permet naturellement que je décrive sa politesse dans mon livre, puisqu'il exhibe cette politesse en public; du reste je ne publie pas son nom. Une Dame entra ensuite, mais quand ce Monsieur sortit du restaurant, il mit quand même son chapeau sur la tête avant de quitter la salle et ferma la porte avec fracas en sortant.

Lorsque vous placez vos capitaux, vous devez toujours compter sur un revenu de $2\frac{1}{2}$ à $5\,^{0}/_{0}$. Tout ce que vous prenez au-dessus de $5\,^{0}/_{0}$ dans les placements moins sûrs (mines, compagnies industrielles, Rentes d'Etats barbares, etc.) vous devez le garder pour amortir votre capital. Les banquiers vous conseilleront parfois de placer vos capitaux dans un pays parce qu'il est riche. Malgré sa richesse, si ce pays est gouverné par des voleurs, n'y placez pas vos capitaux, car il pourrait être insolvable (voyez page 271).

Dans ma prochaine édition, j'aurai voulu faire paraître un code de l'honneur, basée sur les lois sous-entendues et sur le code civil existant, ainsi qu'un guide pour les députés des Parlements leur enseignant les règles à observer pendant les séances (discussions, etc.) et partout ailleurs dans le Parlement et en dehors, avec les formules pour la correspondance officielle et privée et une liste de tous les partis politiques pour chaque pays.

La mémoire est formée de chaque côté dans le front, dans le voisinage des sinus, la réflexion derrière la tête. Il faut que ces deux efforts coïncident bien ensemble, mais ce n'est jamais le cas.

Une personne m'a dit que je pensai du mal de sa classe, donc d'elle aussi. Ce n'est pas nécessairement ainsi, cette personne peut être une exception dans mon opinion. Mes opinions sont scientifiques et pas personnelles, j'ai dit ceci déjà à la page 191. Par contre, si dans certains cas une personne croit que j'ai parlé d'elle, tant mieux, elle me fait l'honneur d'avouer que j'ai su l'apprécier à sa juste valeur, mais mon appréciation reste quand même dans le domaine scientifique.

Les hommes d'État, le Clergé Catholique et Protestant et les autres ne devraient pas m'en vouloir. Je les ai critiqués, mais je ne suis pas un ennemi, je suis l'ami de tout le monde, même de mes ennemis. Ils veulent le bien de l'Humanité et moi aussi, ils ont leurs défauts, j'ai les miens. Ne pourrions-nous pas nous entendre? S'ils veulent me persécuter, j'ai un pied dans mon cercueil, mais l'autre n'y est pas encore et je leur conseille de ne pas me déranger. Jusqu'ici je les ai ménagés. S'ils ne veulent pas me respecter, je ne les respecterai pas non plus et je les attaquerai à fond.

Je crois que vous préférerez m'avoir comme ami, qu'en pensez-vous? Voulez-vous me recevoir avec le chapeau dans la main ou avec un sourire dédaigneux? Lorsque j'entrerai dans un salon, voulez-vous vous lever devant moi ou voulez-vous rester assis? J'exige mon droit, voilà tout.

Le 5 juin 1902. S. M. l'Empereur Guillaume vient de prononcer un discours à Marienbourg. Il parla de l'arrogance des Polonais et, pour sauver les intérêts allemands, il ordonna leur persécution. Qui prend l'argent de qui? Les Polonais désarmés n'enlèvent pas aux Allemands armés leur propriété? Par contre, les Allemands sont sur le sol polonais et il est singulier que ceux qui ont fait le partage de la Pologne se plaignent de l'arrogance des Polonais, du moins c'est contre le bon sens et contre la logique. Je crois que c'est leur mauvaise conscience qui s'agite devant le spectre du Polonais mourant. Ces Messieurs invoquent un Dieu et la Justice, mais ils n'ont ni un Dieu, ni le sentiment de la Justice; en prétextant la Justice, ils profitent du droit du plus fort pour exterminer les Polonais. Il est inadmissible que ceux qui ont envahi la Pologne soient les victimes des Polonais. Ceci est un argument de mauvaise foi. C'est la fable du loup et de l'agneau.

Depuis la guerre avec le Transvaal, l'Angleterre est entrée dans la politique du militarisme. Elle aura besoin dorénavant de beaucoup d'argent. L'homme d'Etat qui attaquera les traités de la Banque d'Angleterre et le Stock Exchange deviendra premier ministre du Royaume-Uni, voire de l'Empire (et du reste......!). Il devra former une alliance sur des idées de justice (une alliance protestante ou catholique réformée?), ce qui n'empêche pas qu'il devra détruire la flotte allemande, autrement l'Angleterre deviendra une province allemande. Je résume sa politique extérieure: Destruction de la flotte allemande, alliance de la Justice (du droit de la propriété), protection des Indes par rapport à la Russie et du Canada, et sa politique intérieure: Union de l'Empire, gymnastique, Justice, tolérance, flotte, armée, commerce, réforme financière, consolidation, réforme et modernisation de son Aristocratie (la tradition et le *business* se donnant la main y compris les Colonies). Toute l'Europe a confiance dans l'Angleterre et la preuve en est, c'est que durant la dernière guerre les victoires boers produisaient la baisse du marché sur les mines et celles des Anglais la hausse. Le taux de l'escompte est là pour prouver qu'il y a plus d'honnêteté en Angleterre que partout ailleurs.

Il y a des familles qui sont en Russie depuis trois et même depuis quatre générations et qui en font un point d'honneur de dire qu'elles ne sont pas tout à fait Russes, tandis que les personnes qui demeurent en Angleterre à peine une dizaine d'années, séduites par l'honnêteté et la tolérance anglaises, sont gênées d'avouer qu'elles ne sont pas Anglaises. Ceci prouve que si l'intégrité des Anglais n'est pas ce qu'elle devrait être, elle est toujours supérieure à celle des autres Nations. Je n'admire pas les Anglais, mais je leur rends justice.

Demandez aux Irlandais s'ils préféreraient être Espagnols ou Allemands et vous verrez comme ils vous recevront. Le seul danger moral de ce genre pour l'Angleterre, ce sont les idées républicaines de l'Amérique. Les Peuples attirés par le mot République se laissent séduire et commettent une injustice contre l'Angleterre. La liberté d'un sujet anglais est supérieure à la liberté d'un citoyen américain.

Ce qui gêne certains sujets anglais, c'est qu'il y a des lords. Ils disent *drunk like a lord* ce qui exprime leurs sentiments envers eux. En s'inspirant des idées que j'ai exprimées dans mes Utopies de Justice, l'Aristocratie anglaise se ferait respecter et aimer. Il faut destituer de leur titre ceux qui portent mal ce titre. C'est le vrai moyen de désarmer les socialistes.

L'avenir de l'Humanité dépend de l'éducation que nous donnons actuellement à nos enfants. Pour augmenter ce livre, je copie ici un chapitre de mon premier volume que j'ai jugé nécessaire de supprimer.

Les enfants.

Je m'adresse particulièrement aux mères dans ce chapitre, des hommes je n'attends rien, car ils sont méchants et cruels.

Nous avons déjà parlé de la femme enceinte (voyez Rapports sexuels, Santé et Nerfs) et nous avons dit qu'elle l'est pendant neuf mois.

La femme enceinte doit manger tout ce qui lui fait plaisir, suivant ainsi l'instinct de son état. Elle doit être entourée de gaîté, de jolis visages et de confort, ce qui a une influence bienfaisante sur l'enfant qu'elle porte. (Pour l'accouchement voyez Rapports sexuels). Une piqûre de morphine sur une femme enceinte pourrait tuer l'enfant.

Tant que les os sont tendres, avant l'âge de trois ans, soignez l'enfant qui naît avec une tête ou un nez difforme (voyez Santé), c'est le devoir des parents de corriger les difformités, il ne faut pas avoir d'enfants, si on n'a pas l'intention de les rendre heureux. On détruit les enfants avant terme (avortement), opération faite par une sage-femme (faiseuse d'anges), ce qui est strictement défendu par la loi. L'État a besoin d'enfants pour faire la guerre.

Il faut nourrir lentement les enfants, 15 à 20 minutes chaque fois et à des heures **régulières**. Pendant le premier mois, toutes les deux heures, en commençant à 5 heures du matin et en finissant à 11 heures du soir.

La mère devrait nourrir elle-même ses enfants, si elle ne peut pas, elle doit choisir une nourrice saine qui a des bonnes dents; si vous ne pouvez pas trouver une nourrice saine, donnez-leur le biberon, c'est ce qu'il y a encore de plus **sûr**.

Donnez-leur du lait stérilisé que vous ferez et doserez avec de l'eau d'après les conseils du docteur. Ayez l'appareil nécessaire chez vous pour faire bouillir votre lait à un certain degré, ce qui s'appelle le stériliser. Ou bien donnez-leur, ce qu'il faudrait éviter, du *Mellin's food for infants* ou le *Nestlé's Milk-food*. Le *Nestlé's Milk-food* est moins vendu dit-on (voyez Santé).

Si vous avez une nourrice, faites attention qu'elle ne change pas votre bébé contre le sien. N'ayez pas plus d'enfants que vos revenus ne vous le permettent, pour les élever convenablement.

On doit commencer à sevrer un enfant lorsqu'il a 9 mois accomplis (cesse de prendre le sein) en commençant graduellement à le nourrir de farines préparées au lait. Lorsque l'enfant a 9 mois et 3 semaines ou 10 mois, ce procédé doit être accompli. Tant qu'une femme nourrit elle-même, elle ne doit pas avoir de rapports avec un homme, parce qu'elle serait facilement enceinte et son lait deviendrait tout de suite mauvais, sans qu'elle le sache, et l'enfant dépérirait. En portant un bébé sur les bras, soutenez sa tête et ne la laissez pas balloter, relevez légèrement son menton, autrement le petit être étoufferait et il ne peut pas vous le dire. Les enfants doivent être soignés et tenus avec une très grande propreté. Le lait d'une mère délicate ainsi que le lait artificiel (*Nestlé's Milk-food, Mellin's food*) développent le rachitisme (*development of rickets-rachitis*). L'air pur est le meilleur remède avec de la crème (*cream*) et un peu d'huile de foie de morue (*cod liver oil*), en supposant que la maladie ne soit pas encore développée.

Feeding during the **First Month**. *The bottle must be given every two hours from 5.0 in the morning to 11.0 at night. Each feed must consist of:*

Boiled Cow's	1st Week.	2nd Week.	3rd Week.	4th Week.
Milk ...	2 teasp'nfls	3 teasp'nfls	4 teasp'nfls	5 teasp'nfls
Cream ...	1	1	1	1
Boiled Water	5	6	7	8
Sugar ...	1 small lump	1 lump	1 lump	1 lump
Lime Water...	1 teasp'nf'l	1 teasp'nf'l	1 teasp'nf'l	1 teasp'nf'l

The lime water must not be boiled, but must be added when the milk and water have cooled down. Each feed must be given warm, but not hot. In cases where cream is not given, the child must have half-a-teaspoonful of cod-liver oil twice a day.

During the **Second Month**, *the bottle must be given every two-and-a-half hours, from 5.0 in the morning to 10.30 at night, namely, at 5.0, 7.30, 10.0, 12.30, 3.0, 5.30, 8.0, 10.30. Each feed must consist of:*

Boiled Cow's Milk	...	2 tablespoonfuls.
Boiled Water ...	...	2
Cream	...	1 teaspoonful.
Sugar	...	1 small lump.
Lime Water ...	...	3 teaspoonfuls.

After the end of the second month, *the child must only be fed every three hours at 5.0, 8.0, and 11.0 in the morning, and*

2.0, 5.0, 8.0, and 11.0 in the afternoon and evening. Between the ages of **two and six months**, each feed must consist of:

Boiled Cow's Milk	... 3 to 4 tablespoonfuls.
Barley Water ...	... 3 to 4
Sugar ...	... 1 lump.

Cream in the amount of one to four teaspoonfuls can be added to each feed with great benefit to the child. If not, cod-liver oil must be given.

From the age of **six to nine months** each feed must consist of:

Boiled Cow's Milk	... 5 to 6 tablespoonfuls.
Barley Water ...	... 5 to 6
Sugar ...	... 1 lump.

with the addition of cream, if possible, in the same amount as advised for younger infants. If not, cod-liver oil must be given.

If the child is sick when taking the above diet, bring it to the hospital.

Weaning. This must take place gradually; the process should occupy three or four weeks. During the **first** week, the child must have **one** feed of milk and barley water, prepared in the same way as for infants six to nine months of age, and given at eight o'clock in the morning, **instead of the breast.** During the **second week**, the child must have **two** such feeds daily, at eight in the morning and eight at night.

During the Third Week.			During the Fourth Week.		
5.0 a.m.	...	Breast	5.0 a.m.	...	Breast
8.0	...	Milk	8.0	...	Milk
11.0	...	Milk	11.0	...	Milk
2.0 p.m.	...	Breast	2.0 p.m.	...	Milk
5.0	...	Milk	5.0	...	Milk
8.0	...	Breast	8.0	...	Milk
11.0	...	Milk	11.0	...	Milk

After the age of ten months, the child may have an increased amount of milk, or a little bread and milk, bread and butter, and custard or tapioca pudding; or, to begin with, a teaspoonful or two of cornflower in its milk.

Between the ages of twelve and eighteen months, the child should have five meals in the day, which should be made up as follows: At 6 **a.m.**, a glass of milk and a plain biscuit; at 8 **a.m.**, breakfast, consisting of bread and milk, or porridge and milk; at noon, dinner, consisting of mashed potato and gravy, breadcrumb *and gravy or broth, milk, pudding, egg custard, and milk and barley water; at 1* **p.m.,** *tea, made up of bread and butter, the yolk of a softly-boiled egg, or bread and milk; at* **bed-time,** *give a glass of milk and a biscuit.*

After eighteen months, in addition to the above diet, give, in the middle of the day, under-cooked mince and finely-chopped greens, or plain boiled fish and potatoes. At **tea-time,** *a little cocoa may be added to the milk.*

Give all meals at fixed hours, and do not allow eating between meals. See that the child eats slowly.

Do not give the child beer, cheese, pickles, fruit, nuts, pastry, cakes, or sweets.

To make Barley Water. Put a teaspoonful of well-crushed barley, or of prepared barley, in a jug, and pour on it half-a-pint of boiling water, and stand it by the fire for an hour, stirring frequently; then strain through muslin. Make it fresh twice a day.

Raw Meat Juice.—Scrape about ¼-lb. of raw beef well with a fork, and put it in a cup; just cover it with water, to which a pinch of salt has been added. Let it stand for an hour, and then squeeze through fine muslin. A teaspoonful may be given with advantage to any infant, alone, or with its milk. It must be made fresh.

Je parle aux mères qui aiment leurs enfants : imaginez-vous qu'il y a des personnes qui m'en veulent parce que je vous enseigne la vérité. Si c'était au prix de ma vie, je ne vous aurais pas refusé ces renseignements, l'avenir de l'Humanité en dépend. Il y a environ un milliard et demi d'habitants sur la terre qui ne savent pas comment élever leurs enfants. Combien de crimes sur la conscience de ceux qui gouvernent le monde !

Il est nécessaire qu'une mère sache combien un garçon et combien une fille en santé normale, dans un climat tempéré, doit peser à l'âge de un mois, deux mois, etc., jusqu'à 24 mois ; ensuite nous devrions tous savoir quel est le poids d'une personne mâle ou femelle par an et par hauteur du corps de 2 ans jusqu'à 80 ans. Les spécialistes que j'ai consultés n'ont pas voulu me renseigner et probablement qu'ils ne le savaient pas. Espérons que ma seconde édition possédera ces indications **PRÉCIEUSES**. J'espère qu'un dentiste enrichira par complaisance les renseignements pour les mères contenus dans ce livre d'un tableau pour les dents aux différents âges. Je voudrais savoir aussi quand on doit laver un enfant avec de l'eau pour la première fois et si elle doit être froide ou tiède?

Couvrez **toujours** raisonnablement le corps, le cou et les jambes de l'enfant, autrement vous préparez un champ de rhumatisme et de tuberculose.

L'ouïe de l'enfant est très délicat, écartez les bruits qui pourraient les rendre nerveux pour la vie. Entourez l'enfant dès le berceau de soins aimables et délicats, et continuez à être aimables toute votre vie avec eux. Entendons-nous bien: aimables, cela ne veut pas dire qu'il faut les gâter, on peut être aimable et sévère en même temps. N'emmaillottez pas les enfants et ne les laissez pas avec les yeux tournés vers le plafond blanc ou contre le soleil ou la lumière électrique, cela les rend aveugles, mais ils doivent recevoir une lumière tamisée directement sur leurs yeux, sans cela ils tourneraient leurs yeux pour la chercher. Entre 6 et 8 mois (?) l'enfant commence à articuler quelques syllabes.

Ne les faites pas marcher trop tôt, surtout quand ils sont lourds, le poids de leur corps rendrait leurs jambes torses pour toute leur vie. Les bébés commencent à marcher entre 12 et 15 mois (?), avant ce temps laissez le bébé se traîner par terre autant qu'il veut, mais pas sur un parquet froid ou sur la terre humide. Le 9 juin 1902, je suis allé dans plusieurs hôpitaux poser trois questions pour savoir quand sevrer un enfant qui jouit d'une santé normale dans un climat tempéré, quand dans ces conditions cet enfant articule sa première syllabe et quand il commence à marcher. Personne n'a voulu me renseigner. Ce jour, à 5 heures, à l'hôpital du n° 46, Great Ormond Str., W. C., London, j'ai posé les trois questions à un médecin de cet hôpital. Il m'a renvoyé en me conseillant d'aller étudier la médecine moi-même et il m'a assuré qu'aucun médecin ne divulguerait les secrets de leur profession. En d'autres mots, si les médecins enseignent au Public la vérité, il leur manquera des naïfs qui pourraient avoir besoin d'une consultation. Ce sont des sentiments antihumanitaires, que je signale sans les discuter.

Les jambes torses sont aussi le résultat des os mous (malades); il faut que le médecin soit consulté et mettre les jambes faibles dans un appareil pour les redresser.

Il faut serrer les pieds des enfants à partir de trois ans jusqu'à l'âge de 8 ou 10 ans, c'est-à-dire maintenir les chaussures un peu justes, voilà tout, pour enrayer un peu la croissance du pied, quoique ceci soit très malsain à faire. C'est une coquetterie bien calculée: plus tard, les enfants devenus adultes voudront avoir des petits pieds (surtout les filles) et ils emploieront des chaussures étroites qui serrent et qui font des cors; épargnez-leur cette souffrance pour plus tard. Bien entendu, je ne parle ici que des enfants qui sont destinés à un certain luxe dans la vie.

Veillez à ce que vos enfants n'aient pas de dartres (*round worm*) ou des vers blancs (*thread worm*) (voyez: Santé).

Faites vacciner vos petits et grands enfants au moins tous les sept ans et tâchez qu'ils aient toutes les maladies contagieuses inévitables chez vous, avant d'aller aux écoles, de cette façon vous pourrez les soigner vous-même (petite vérole et rougeole, voyez Santé).

Les enfants jusqu'à l'âge de 10 à 15 ans éprouvent le besoin de manger des fruits verts; laissez-les faire, la nature en a besoin, cependant qu'ils n'exagèrent pas.

Habituez-les à manger un peu de tout, nous sommes des omnivores. Apprenez-leur comment il faut boire, ce qu'il faut boire et ce qu'il ne faut pas boire; expliquez-leur que les boissons alcooliques, tout en donnant des sensations vio-

lentes, détruisent l'organisme. Apprenez-leur à soigner le corps
(les dents, les yeux, les cheveux, l'estomac, la vessie, etc.,
voyez Première partie, Chapitre I), à faire de la gymnastique,
à ramer, à monter à cheval, à patiner, à jouer au cricket,
au football, au tennis, au polo, à nager, à tirer au pistolet.
Après ma mort, je vous léguerai un manuel de tir plus per-
fectionné que n'importe lequel vous pourriez trouver dans les
annales du tir et qui vous permettra de traiter n'importe
qui d'égal à égal. J'espère que ce perfectionnement rendant
le duel mortel, arrivera à le faire éviter. A faire de l'escrime,
à boxer, à danser, à jouer à toutes sortes de jeux sportifs
(voyez par exemple un livre de Saxon), à chasser à courre
ou autrement, à tirer aux pigeons, à pêcher au filet, avec
le hameçon, mais n'oubliez pas de leur faire remarquer combien la chasse est cruelle, à jouer au croquet, à faire de la
bicyclette, à jouer au golf, aux racquets. Conduire quatre
chevaux, faire la savate, etc.

Apprenez-leur à jouer au billard, à la roulette, au trente
et quarante, au baccarat, au piquet, au bésigue, au poker, au
whist, aux échecs.

Apprenez-leur le chant, le théâtre amateur, la musique,
la critique du théâtre, de la musique, des arts (tableaux,
marbres, boiseries, soieries, dentelles anciennes, gobelins, cloi-
sonnés, porcelaines, Sèvres, miniatures, antiquités de tous genres).

Enseignez aux enfants la vie pratique, les affaires, la
loi, la spéculation (voyez mon traité de la Bourse), la mani-
pulation de la Bourse, des Banques, des Agents de change,
la correspondance de Bourse en supposant qu'ils peuvent être
appelés un jour à gérer des capitaux, les leurs ou ceux des
autres par un mariage ou autrement.

Habituez-les à la discrétion, à l'honneur, à la vérité,
et il faut leur répéter pareilles recommandations de temps à
autre pour cultiver ces sentiments en eux et les développer.
Que les enfants prennent intérêt à lire les journaux. Faites

voyager vos enfants quand ils seront plus grands, en ne se chargeant que du bagage nécessaire, pas plus.

Apprenez-leur à être polis avec tout le monde, sans restriction, mais dans les mesures de la réciprocité seulement, comme nous le dirons. Ne confondez pas la politesse avec la platitude que certains parents exigent des enfants (voyez Société), à ne jamais s'emporter, donc à toujours conserver le contrôle de soi-même, même dans les moments critiques de la vie (voyez Conflits et Société). Les enfants doivent être réservés dans leurs paroles et ne pas se lier d'amitié avec tout le monde, on ne doit se lier d'amitié qu'avec des personnes de sa classe, et encore..... tandis qu'avec les autres on doit être poli, mais réservé; il faut dire ceci aux enfants, qui doivent garder cette recommandation pour eux.

Dites-leur qu'ils ont le droit à la cour de porter l'uniforme de Gentilhomme et le sabre. Dites-leur qu'ils doivent aimer l'ordre et la propreté sur soi et autour de soi, et l'exactitude; faire attendre quelqu'un c'est impoli. Enseignez-leur qu'ils doivent payer leurs dettes. Ne pas manger en se tenant les coudes sur la table, ni mettre le couteau dans la bouche. Pour manger le potage, à cause de la moustache, mettez votre cuiller entre les lèvres par la pointe et non pas par le côté rond. Ne coupez pas votre pain, mais brisez-le. Mangez le poisson avec un couvert en argent à cause du goût désagréable du poisson avec l'acier du couteau, et si vous n'en avez pas, mangez avec deux fourchettes.

Dites-leur de ne jamais cracher.

Insistez pour que les enfants ne fassent pas de grimaces, leurs visages doivent être impassibles comme un marbre.

Enseignez-leur de ne jamais jouer un gros jeu pour de l'argent. Enseignez-leur les dix commandements des Religions et une Religion officielle et prévenez-les que c'est pour la forme et qu'ils doivent garder cette recommandation strictement pour eux. (C'est une hypocrisie imposée par l'intolérance de la société, car si vous permettiez à vos enfants de dire ce qu'ils pensent, on les mettrait à la porte). Dites-leur qu'ils ne doivent pas en parler pour ne pas heurter les croyances des esprits étroits et pour ne pas s'attirer inutilement leur haine.

Ne punissez jamais les enfants, car vous les humiliez (voyez à ce sujet les idées profondément vénérables de Herbert Spencer sur l'éducation), mais apprenez-leur à raisonner logiquement voilà tout et soyez vous-même convenable et poli avec eux. Par exemple, sans les punir et sans les gronder, faites-leur subir les conséquences de leur mauvaise conduite. Si vous ne savez pas être logique vous-même, envoyez plutôt vos enfants à l'école, mais ne les abrutissez pas chez vous. Que les enfants soient petits ou grands, ni la mère, ni le père, ni les tuteurs ne doivent leur dire des grossièretés, les battre, les gronder, les humilier, les contrarier, ceci surtout devant le monde, autrement les enfants grandiront dans cette crainte et resteront timides, hypocrites et parfois grossiers eux aussi pour toute leur vie, et en supposant qu'ils s'en apercevraient par le contact avec des personnes mieux élevées qu'eux, et qu'ils voudraient se corriger de leur gaucherie, ils ne le pourraient pas, la puissance de leur raisonnement se serait développée maladivement et incomplètement ou pas du tout, empêchée par la crainte, et leur volonté serait paralysée, le contrôle qu'ils exerceraient sur eux-mêmes serait presque nul, ils subiraient la volonté des autres et parfois l'emportement irrésistible causé par une crise de nerfs, leur nature s'étant révoltée.

Les enfants profitent de l'expérience des autres, donc si vous n'êtes pas ignorant vous-même, instruisez-les, mais n'exigez pas une fois qu'ils sont en âge et qu'ils se sont formé une opinion personnelle, résultat de votre éducation, qu'ils restent esclaves de la vôtre. Si à un certain âge ils ne sont pas capables d'être indépendants, comment voulez-vous qu'ils

puissent lutter pour la vie lorsqu'ils seront seuls après votre
mort. À 12 ans, au plus tard à 15 ans, vous devez déjà
les avoir formés à votre idée et leur en avoir donné le pli,
mais pour ceci il faut posséder une valeur morale soi-même;
si vous n'avez qu'à leur enseigner votre bêtise, épargnez-les
de grâce pour l'humanité, et plutôt envoyez-les aux écoles.

L'éducation consiste à enseigner l'expérience des autres
aux enfants assez grands pour comprendre et assez jeunes
pour obéir (pour subir l'influence des autres). Au lieu de
ceci, vous leur cachez la vérité parce que vous les considérez
trop jeunes pour la connaître et lorsqu'ils auront fait leur
première bêtise, qui sera la vôtre, vous les battrez ou bien
les gronderez grossièrement.

Enseignez aux enfants que les femmes et les hommes,
jeunes ou vieux, pauvres ou riches, occupés ou désœuvrés,
proscrits ou en position, titrés ou non titrés, parents, alliés,
amis, inconnus, depuis le Roi jusqu'au mendiant, sont tous,
sans une seule exception, des menteurs et des voleurs, mais
qu'il ne faut pas en parler. Si vous n'enseignez pas cette
partie la plus essentielle de l'éducation à vos enfants, ils ne
seront **jamais** heureux, car ils perdront leur argent, leur santé
et toute leur vie avant de comprendre la vérité et avant de
savoir vivre et lutter et ils passeront leur vie sous la domi-
nation des farceurs que vous leur apprenez dès le berceau à
respecter grâce à votre fausse théorie de cacher la vérité aux
enfants. Pareils parents manquent de logique, car ils élèvent
des naïfs.

Avant de jouir de la vie, il faut **apprendre à vivre**. Si
vous n'apprenez pas à temps à vos enfants à vivre, ils seront
obligés de le faire par leur propre expérience lorsqu'ils seront
devenus grands, et la nature veut qu'à ce moment ils ne
vous écouteront pas, vous ne pourrez donc plus les guider.
Hélas, quand ils auront appris à vivre ou à vivoter ou à
végéter, car tout ceci se tient, ils seront épuisés, ruinés et

vieux, et quand ils auront les cheveux blancs, il sera trop tard pour commencer à vivre. Apprenez-leur à connaître la vie à 18 ans et laissez-les en jouir comme des êtres perfectionnés et civilisés.

Entre 15 et 18 ans, versez en eux toute votre expérience, même celle touchant les rapports les plus intimes, car il faut considérer encore que l'éducation qu'ils se formeraient eux-mêmes resterait toujours incomplète, et, chemin faisant, en arrivant au maximum de cette expérience, ils auraient perdu par la gaucherie tous leurs amis et se trouveraient isolés pour le reste de leur vie. Il faut considérer encore que ce qu'on apprend en bas âge reste plus profondément empreint et est acquis avec moins de travail.

Les enfants ne doivent de reconnaissance à leurs parents que si ceux-ci ont su les élever dans la fierté, l'indépendance et l'hygiène, et alors il est inutile de leur réclamer de la reconnaissance, ils en auront d'eux-mêmes par la force des choses. S'ils n'ont pas su les élever, ces enfants rougiront de l'ignorance de leurs parents qu'ils ne respecteront jamais, malgré leurs prétentions ridicules.

Rappelez-vous jusqu'où vont vos influences sur le cerveau de votre jeunesse.

1. Jusqu'à 15 ans, **on** le développe.

2. De 15 à 30 ans, **il** se développe lui-même.

3. De 30 à 60 et même 80 ans, il n'apprend plus, mais il **produit**, il classifie l'expérience de sa jeunesse et s'en rend bien compte. C'est l'âge le plus productif, c'est l'âge où le sexe est plus calme.

La force de l'habitude domine, remplace et tue le raisonnement, elle conserve les traditions et elle s'oppose au progrès, elle est la source du bien et du mal en même temps. L'homme bien élevé doit avoir des habitudes civilisées, sans être l'esclave de ses habitudes. Il doit discerner et savoir raisonner.

Les personnes qui ont dès leur enfance l'habitude des principes honnêtes résistent contre la tentation et les mauvaises influences toute leur vie ou presque.

Ajoutons encore quelques mots avant de continuer: enseignez à vos enfants que c'est un crime de torturer moralement ou physiquement un être humain et de faire souffrir un animal. Dites-leur qu'on chasse, mais que c'est un crime. Apprenez aux enfants comment il faut s'habiller (voyez Effets) et insistez pour que les jeunes gens se mettent en habit à partir de 7 heures du soir; si vous êtes pauvres, l'habit sera propre et troué. Une mère doit habituer ses enfants à l'idée qu'il faut mourir, que la mort n'est rien qu'un repos inévitable, que c'est beau de voir une personne courageuse, calme et résignée devant la mort. Parlez-leur de vos affaires personnelles et de la Bourse: si vous venez à mourir vos enfants seront vos héritiers, il est naturel qu'ils connaissent vos affaires qui deviendront les leurs.

Enseignez les mathématiques aux enfants (voyez Chapitre V, Première partie).

Enseignez un peu les lois aux garçons et même aux filles (voyez Chapitre V, Première partie).

Apprenez à vos filles à composer un menu, à faire la cuisine au besoin, à diriger le jardinage, à coudre et à tailler (Académie de coupe de Paris, Cours et leçons particulières, 7, rue du 4 Septembre, Paris).

Si vous avez de l'influence sur vos fils, dirigez-les pour avoir un diplomate, un militaire et que les autres fassent du commerce en gros (Bourse de commerce, ventes en gros dans les Colonies, Banquiers, etc.).

La famille sera puissante, car elle aura des relations mondaines et de l'argent. «Mon frère, le Général», voyez comme cela cadre bien dans la bouche du commerçant et par contre, si le Général tire le diable par la queue, son frère pourra l'aider par ses conseils et autrement.

Rappelez-leur que les Gouvernements, pour éviter les services d'hommes vieux, ont institué des limites d'âge dans les carrières officielles (c'est en ignorant cela que j'ai manqué ma carrière). Il est certainement du devoir sacré des parents de donner aux enfants une carrière avec une éducation convenable. C'est pour cette raison que vous n'avez pas le droit d'avoir plus d'enfants que vos moyens ne vous permettent d'en élever.

N'épuisez pas la santé de vos enfants avec du latin et du grec, donnez-leur une éducation plus pratique et laissez-les choisir leur carrière eux-mêmes, à part ce que nous venons de dire plus haut. C'est après le baccalauréat que les jeunes gens ont le droit de se choisir officiellement une carrière, à moins qu'ils n'entrent dans une école militaire avant le baccalauréat.

N'enseignez pas trop de langues à vos enfants, deux, cela suffit, la leur et une autre. En considérant l'importance des affaires, choisissez de préférence l'anglais, le français, l'allemand, ensuite l'espagnol, l'italien et le russe. Il faudrait considérer aussi le chinois; je conçois combien il est ennuyeux pour un jeune homme de s'expatrier pour aller si loin, mais certainement c'est un pays de grand avenir, qui n'est pas encore rendu inaccessible par la concurrence.

En Angleterre, les jeunes gens vont à l'école à (*Colleges*) Eton, Winchester, Marlborough, Clifton, (*Schools*) Harrow, Rugby, Charterhouse, (*Universities*) Oxford, Cambridge, Edinburgh, Dublin, (*Military Colleges*) Sandhurst et Woolwich, (*Navy*) *Royal Naval College* Greenwich, *Training ship Britannia*. Lorsque les enfants vont à l'école, dites-leur de ne jamais donner ou recevoir des coups de poing (combien ai-je reçu de coups de poing dans l'œil et dans le côté, j'en souffre encore après 15 ans) et recommandez ceci aux professeurs, parce que cela abîme les yeux pour la vie.

Si après tout il fallait se battre, défendez à vos enfants d'être lâches, enseignez-leur à défendre leurs droits. Si les plus grands sont assez lâches pour les toucher, il n'y a pas de honte pour les petits de se plaindre aux professeurs, et les parents doivent les appuyer et au besoin aller corriger les grands garçons.

Faites un bon choix de vos écoles, car vous risquez de perdre vos enfants, écoutez cette histoire navrante: Deux camarades d'école, l'un de 12 ans, l'autre de 13 ans désiraient avoir un revolver, car ils étaient précoces. Le plus jeune donna à son camarade dix shillings et chacun acheta un revolver. Les conséquences furent terribles. Le plus jeune manqua de tuer son camarade avec une balle échappée. Mais ce qui était plus grave encore, c'est qu'il avait volé les dix shillings chez un autre camarade tentateur, un Israélite, qui avait laissé traîner cet argent. Lorsque l'enfant révéla la vérité à son camarade, celui-ci ennuyé et ne sachant que faire garda le revolver..... et le silence. Naturellement l'affaire fut découverte. A l'âge de 28 ans son camarade rougissait encore lorsque quelqu'un parlait de voleur et il se mettait ainsi dans une fausse position devant le monde. Cette histoire colportée et modifiée par des personnes méchantes a persécuté ce garçon de 13 ans pendant des années, et ce garçon de 13 ans c'était l'auteur de ce livre.

Je conclus donc qu'on ne saurait faire trop attention à qui l'on confie ses enfants.

Placez vos enfants dans des écoles pour les Nobles, ils en conserveront de bonnes relations et, lorsqu'ils seront grands, faites-les inscrire dans quelques bons clubs.

Permettez à vos filles dès leur jeune âge de se lier d'amitié avec d'autres petites filles d'un bon milieu, mais surveillez-les toujours.

Si vos garçons n'ont pas d'argent pour aller parader dans les théâtres, promenades, chasses célèbres, restaurants à la mode, hôtels connus, salons pour thé, bains de mer, villes de saisons, casinos, grands magasins, etc., au moins enseignez-leur quels sont ces endroits, comment ils s'appellent, comment on y vit, ce qu'on paye dans ces endroits, et tâchez de leur montrer au moins une seule fois quelques endroits de ce genre pour les familiariser avec ces milieux. Parlez-leur des musées, galeries de tableaux, bibliothèques, tirs, monuments publics, églises célèbres, arènes pour courses de taureaux, salles d'armes, salles de billards, maisons de jeu, clubs, etc.

Dépraver les enfants avant l'âge de leur puberté, c'est les rendre malades et ruiner leur avenir. Leur cacher la vérité à l'âge de la puberté, c'est encore à leur désavantage et presque toujours leur ruine morale et physique.

. . . .
. . . .
. . . .
. . . .
. . . .
. . . .
. . . .
. . . .
. . . .

N'admettez jamais chez vous près de vos enfants la présence d'un jeune homme ou d'une jeune fille dont vous ne voudriez pas, le cas échéant, en faire votre gendre ou votre bru.

A l'âge de la puberté, entre 15 et 20 ans pour les garçons et entre 15 et 17 pour les filles, les bons parents doivent avertir les enfants des conséquences et de l'importance des rapports sexuels, leur en expliquer les abus et leurs conséquences. . . . .
. . . .
. . . .
. . . .
. . . .
. . . . Il faudra bien expliquer aux filles comme

aux garçons comment soigner les bébés, qu'ils doivent les aimer, que nous sommes destinés au mariage, comment il faudrait se marier pour être heureux, enfin leur dire tout ce que j'ai dit sur les Dames et Gentilshommes. Recommandez aux filles leurs soins intimes et insistez pour qu'elles n'ignorent pas les secrets intimes de leur nature (....... ....). J'ai vu des jeunes filles de bonne famille qui trompent la vigilance des personnes qui les accompagnent à la promenade et font de l'œil aux messieurs. Elles ont déjà un mauvais pli, vous ne pourrez pas les en empêcher: au lieu de vous fâcher, laissez-les faire, mais expliquez-leur qu'elles se compromettent et dites-leur quelle est la valeur de la réputation d'une femme. La fille qui ne comprendra pas deviendra une petite cocotte, malgré la colère de ses parents. Les parents tâcheront de marier les filles entre 17 et 22 ans et les fils entre 21 et 25 ans, ceci est leur devoir sacré, autrement ils n'ont pas le droit d'avoir des enfants. A 22 ans, lorsque je voulus me marier, mon père m'en empêcha. Je l'ai regretté toute ma vie, car cela m'a entraîné à une conduite désordonnée.

Lorsque les parents marieront leurs enfants, ils feront bien de prendre des renseignements sur les futurs conjoints avant de leur permettre de faire la connaissance de leurs jeunes gens, et le mariage décidé, ils devront assurer les revenus des jeunes époux, avant leur union.

Dans les maisons pauvres, les parents s'assureront avant de donner leur consentement, si leurs futurs gendres ou leurs fils sont en mesure par leur travail d'assurer l'existence du futur ménage. Lorsqu'il est question d'une union anglaise, c'est une absolue nécessité d'écarter l'idée d'une union avec une personne alcoolique ou de famille alcoolique, la vie commune dans ces conditions est impossible.

En général, dans toute union, on doit se renseigner s'il y a des maladies héréditaires dans la famille (la folie).

Dans les unions anglaises, il faut beaucoup de douceur et de réserve, parce que les Anglais et les Anglaises ont beaucoup de race, il suffit de les brusquer une fois pour qu'ils deviennent intraitables par la suite.

Il y a dans tous les salons, même dans l'entourage des souverains, des dames qui s'occupent d'arranger des mariages; on les méprise. Sans les estimer, parce qu'elles font payer leurs services, ce qui les abaisse au niveau des entremetteuses, je les défends parce qu'elles servent à sécher bien des larmes. Aux parents qui manquent de relations, je leur conseille de s'adresser à ces dames plutôt que de forcer leurs pauvres enfants au déshonneur ou au célibat avec toutes ses conséquences physiques et morales. Les grandes Dames qui tiennent salons ouverts devraient se prêter davantage à aider ouvertement aux mariages.

Enseignez à vos enfants à être bons parents.

Lorsque dans une famille ou dans un Etat, deux grands hommes se succèdent, ils élèvent la famille ou l'Etat à la puissance, exemple: Philippe de Macédoine et Alexandre le Grand, Hamilcar Barcas et Annibal.

D'où cela provient-il qu'il est si rare que deux grands hommes se succèdent? C'est que le père qui réussit nue l'intelligence de son fils par un luxe exagéré, et l'autre raison, c'est qu'il est jaloux de sa puissance et qu'il ne transmet pas toute son expérience à son fils.

Malgré mon expérience et malgré ma prétention d'écrire des livres, le 12 juin 1902 j'étais en litige pour la somme d'environ 3000 francs parce que j'ai écrit un ordre à mon broker, daté du 22 mai 1902, qui permettait d'être interprété de deux façons. Mon avocat, qui a toujours été droit avec moi, est dans le doute sur l'issue d'un procès. Je l'ai prié de m'écrire l'ordre qui légalement ne peut pas être mal interprété.

Le voici:

Dear Sir,

Referring to my option in 100 Chartered at 3 I authorize you to act upon it in any way to secure me a profit either to-day or on Selling day, but not to carry over.

Yours faithfully.

Cette lettre ne me satisfait pas, mais c'est la meilleure que j'ai pu obtenir après une discussion de trois heures avec mon *solicitor*. Les Gouvernements devraient publier des formules de lettres à l'usage du Public.

❖

ERRATA

Page 47. 14ᵉ à 18ᵉ ligne: l'auteur a fait une confusion avec les accents sur les *c*.

Page 130. 6ᵉ ligne: lire *ton* au lieu de *tond*.

Page 166. 19ᵉ ligne: lire *175.5* au lieu de *173.5*.

Page 201. 2ᵉ ligne: lire *Religion* au lieu de *Rreligion*.

Page 202. 13ᵉ ligne: lire *où* l'existence au lieu de *où* l'existence.

Page 205. dernière ligne: lire *tout le monde* au lieu de *toute le mond*.

Page 207. 11ᵉ ligne: lire Le 6 mars *1902*.

Page 211. 27ᵉ ligne: lire *imiter* au lieu de *initier*.

Page 219. 16ᵉ ligne: lire pour ne pas *les faire* souffrir au lieu de pour ne souffrir.

Page 242. 24ᵉ ligne: lire *and* the next au lieu de *any* the next.

Page 250. 17ᵉ ligne: lire *just yet* au lieu de *jest yet*.

Page 262: Les alinéas commençant par les mots: *A la prochaine édition, The ordinary stamp* et *To make it pay* doivent être intercalés entre l'avant-dernier et le dernier alinéa de la page 270.

Page 270. 24ᵉ ligne: lire *86*⁰ⁿ au lieu de *86*ⁿ.

Page 399. avant-dernière ligne: lire *S. Loiz* au lieu de *S. Lois*.

Sur le titre du livre, lisez: NETSĒL.